Pour Anna, avec mes remerciements
pour son aide et son grand travail

Éditeur : François Doucet
Traduction : Marie-Hélène Cvopa
Révision linguistique : Daniel Picard
Correction d'épreuves : Nancy Coulombe, Katherine Lacombe
Montage de la couverture : Matthieu Fortin
Illustrations de la couverture et de l'intérieur : © 2010 Katie Wood
Mise en pages : Sébastien Michaud
ISBN papier : 978-2-89667-696-5
ISBN PDF numérique : 978-2-89683-664-2
ISBN ePub : 978-2-89683-665-9
Première impression : 2012
Dépôt légal : 2012
Bibliothèque et Archives nationales du Québec
Bibliothèque Nationale du Canada

**Éditions AdA Inc.**
1385, boul. Lionel-Boulet
Varennes, Québec, Canada, J3X 1P7
Téléphone : 450-929-0296
Télécopieur : 450-929-0220
**www.ada-inc.com**
**info@ada-inc.com**

**Diffusion**
Canada :      Éditions AdA Inc.
France :       D.G. Diffusion
                    Z.I. des Bogues
                    31750 Escalquens — France
                    Téléphone : 05.61.00.09.99
Suisse :       Transat — 23.42.77.40
Belgique :    D.G. Diffusion — 05.61.00.09.99

**Imprimé au Canada**

Participation de la SODEC.
Nous reconnaissons l'aide financière du gouvernement du Canada par l'entremise du Fonds du livre du Canada (FLC)
pour nos activités d'édition.
Gouvernement du Québec — Programme de crédit d'impôt pour l'édition de livres — Gestion SODEC.

**Catalogage avant publication de Bibliothèque et Archives nationales du Québec et Bibliothèque
et Archives Canada**

Plaisted, Caroline
    C'est bientôt Noël
    (Brownies ; 7)
    Traduction de : Christmas Cheer.
    Pour enfants de 7 ans et plus.
    ISBN  978-2-89667-696-5
I. Cvopa, Marie-Hélène. II. Titre. III. Collection : Plaisted, Caroline.
Brownies ; 7.
PZ23.P5959Ces 2012                    j823'.914                    C2012-941551-0

# Brownies

## C'est bientôt Noël

## Caroline Plaisted

Traduit de l'anglais par
Marie-Hélène Cvopa

# Voici les Brownies

## Katie

Katie, la sœur jumelle de Grace, est très sportive, aime jouer à des jeux et gagner. Elle veut obtenir tous les insignes brownies. Sa sizaine est les Renards !

## Jamila

Jamila a trop de frères, alors elle adore les Brownies, car LES GARÇONS SONT INTERDITS ! Jamila est une Blaireau !

# Ellie

Ellie est impressionnante dans le domaine de l'artisanat. Elle était auparavant une Arc-en-ciel et aime se faire de nouveaux amis. Ellie est une Hérisson!

Charlie est folle des animaux et possède un cochon d'Inde nommé Nibbles. Elle adore les questionnaires des Brownies et les pow-wow. Sa sizaine est les Écureuils!

# Charlie

# Grace

Grace est la sœur jumelle de Katie et elle adore le ballet. Elle apprécie les sorties avec les Brownies et est une Lapin!

# Chapitre 1

— Brrr! N'est-ce pas qu'il fait froid, s'exclama Ellie en arrivant dans la salle de l'école pour la réunion des Brownies. Elle ouvrit la porte, et ses quatre meilleures amies la suivirent à l'intérieur.

— Glacial, approuva Charlie. Heureusement, ma grand-mère a terminé mes nouvelles moufles juste à temps pour l'hiver!

— Elles sont tellement cool, dit Jamila en admirant les moufles rouges et blanches avec des flocons de neige, tandis que les filles enlevèrent leurs manteaux.

Juste à ce moment, la porte de la salle s'ouvrit à nouveau.

— Hé, regardez, Daisy est de retour, dit Katie en se précipitant pour dire bonjour à la jeune chef qui avait son sac contenant sa caméra vidéo accroché à l'épaule.

Daisy était partie une semaine en voyage avec les Guides.

— Je me demande pourquoi Daisy a apporté sa caméra vidéo, dit Grace.

Mais avant d'avoir eu le temps d'aller s'informer, Vicky, une des chefs brownie, appela tout le monde :

— Allez à vos tables des sizaines pour faire des feuilles d'activités, les Brownies ! Pow-wow dans 10 minutes.

Les Brownies de la première unité de Badenbridge se divisaient en cinq sizaines et Katie, sa sœur jumelle Grace et leurs meilleures amies Ellie,

Jamila et Charlie se trouvaient toutes dans des sizaines différentes. Quelques mois auparavant, leur unité avait organisé une soirée portes ouvertes afin que d'autres filles puissent venir et découvrir que les Brownies était quelque

chose d'amusant. Il en a résulté que cinq nouvelles membres s'étaient jointes. Tayla-Ann a rejoint les Lapins, la sizaine de Grace. Elle adorait la gymnastique et avait impressionné toutes ses nouvelles amies Brownies lorsqu'elle leur a montré quelques-unes des médailles et des certificats gagnés lors de compétitions.

La membre la plus récente chez les Écureuils, la sizaine de Charlie, était Ruby. Ellie la connaissait d'un club d'art auquel elle avait participé lors des vacances scolaires ; alors elle

9

était vraiment contente quand Ruby avait rejoint leur unité brownie.

Les Renards, la sizaine de Katie, avaient accueilli Leah dans leur groupe. Elle avait deux sœurs plus jeunes qu'elle qui avaient déjà inscrit leurs noms afin de faire partie des Brownies lorsqu'elles auraient atteint l'âge.

La sizaine d'Ellie, les Hérissons, avait Abebi comme nouvelle membre. Elle avait déménagé dans la région quelques mois auparavant et allait à l'école primaire de Badenbridge.

Pour finir, Danuta était dans le groupe des Blaireaux avec Jamila. Elle était arrivée de Pologne plus tôt dans l'année, et les Brownies furent particulière-

ment excitées lorsqu'elles découvrirent qu'elle avait été aussi une Brownie en Pologne! Danuta allait aussi à l'école primaire de Badenbridge, comme Abebi, et était dans la même équipe de netball que Katie.

Toutes les Brownies, anciennes et nouvelles, étaient maintenant occupées à leur table de sizaine à travailler sur des feuilles d'activités. Celles-ci concernaient le choix d'habits à porter, et les Brownies devaient faire concorder des images de vêtements avec la bonne saison.

Pendant ce temps, du côté de la scène dans la salle, Daisy, Vicky et Sam, l'autre chef brownie, installaient l'écran de projection de la salle. On aurait pu penser que les Brownies allaient regarder un film!

— Rangez tout, les filles, appela Sam. Allons dans le cercle brownie!

Quelques instants plus tard, les filles étaient assises en cercle, impatientes de savoir ce qui allait se passer ensuite.

— Comme vous le savez, Daisy est revenue de son voyage à Foxlease, déclara Vicky. Pour celles qui ne le savent pas, Foxlease est un centre spécial de formation et d'activités situé dans le Hampshire.

— Alors, qu'est-ce que tu as fait là-bas? demanda Grace.

— Vous vous rappelez que je prenais des photos et que je filmais tout ce que nous faisions pour le centenaire? répondit Daisy. Eh bien, je faisais cela en partie pour mon insigne «Aventure 100» afin de préserver le mouvement des Guides dans l'avenir.

Toutes les Brownies de la première unité de Badenbridge avaient choisi de participer à l'Aventure 100 et avaient complété une série d'aventures pour célébrer le centenaire des Guides au Royaume-Uni. Même leurs chefs y avaient pris part. Les Brownies

portaient maintenant leurs insignes «Aventure 100» sur leurs écharpes et leurs vestes avec fierté.

— C'est tellement cool, dit Katie en soupirant. Mais que faisais-tu avec les films et les photos?

— Nous apprenions comment les monter ensemble afin de faire un historique complet de l'année, dit Daisy.

— C'est vraiment un bon film, dit Sam, et nous avons pensé que vous aimeriez le voir!

— Oui, s'il vous plaît! dirent les Brownies.

— Allez, dans ce cas, dit Vicky. Tournez-vous afin de faire face à l'écran. Je vais éteindre les lumières, et puis Daisy, c'est à toi!

Le film captiva les Brownies. Elles se virent en train de faire des choses, d'apprendre de nouveaux jeux, de participer à des activités pour des insignes, de grimper la tour de l'horloge à l'Hôtel de ville, de faire voler des cerfs-volants, de danser et chanter dans la ville pour leur *Dansons dans la*

*ville*. Il y avait aussi des séquences de quelques Brownies plus âgées avec l'unité des Guides de Daisy au centenaire BIG GIG — un énorme concert qui avait marqué le début de l'année du centenaire. La dernière partie du film montrait les filles renouveler leur Promesse en se tenant à côté de toutes les autres Brownies, Arc-en-ciel et Guides dans leur district à Vision, le dernier évènement marquant l'année du centenaire et le lancement des 100 prochaines années.

— Hé, regardez, c'est nous ! signala Charlie en voyant leur unité parmi la foule immense de filles rassemblées au Manoir de Badenbridge.

À la fin du film, les Brownies et leurs chefs applaudirent en poussant des hourras.

— C'était fantastique ! dit Boo, la sœur aînée de Charlie.

— Même nous, nous étions dans le film, dit Abebi en se tournant vers Tayla-Ann et les autres nouvelles filles.

— Merci, Daisy. C'était super, dit Vicky en souriant. Elle ralluma les lumières et regarda sa montre. Bien! Nous devrions nous grouiller!

Les filles retournèrent rapidement dans le cercle brownie.

— Alors, est-ce que quelqu'un a des nouvelles ? demanda Sam.

Grace et Caitlin levèrent immédiatement la main.

— Nous avons des nouvelles partagées, dit Grace.

— Nous sommes allées à des auditions de danse il y a quelque temps et hier, nous avons appris que nous avons toutes les deux été choisies pour faire partie, ce Noël, d'un spectacle de Noël inspiré d'un conte de fées ! annonça Caitlin.

Les autres Brownies affichèrent un grand sourire, excitées.

— C'est fantastique ! dit Vicky. Dites-nous-en plus !

— C'est *Cendrillon,* dit Caitlin et cela aura lieu au théâtre de Robertstown.

— C'est le même spectacle que nous allons voir pour la sortie du district, fit remarquer Katie. Alors, nous verrons Caitlin et Grace sur scène !

— Wow ! s'exclamèrent les Brownies, impressionnées.

— Savez-vous qui d'autre fera partie du spectacle ? demanda Lucy.

— Trina Bliss de *Century Village*, cette série à la télé, dit Grace. Et Chester Chuckles — vous savez, l'homme vraiment très comique qui fait partie du spectacle à chaque année ?

— Et Jez Simons, celui qui présente *Kid Zone*. Il sera Buttons, le serviteur de Cendrillon ! dit Caitlin.

— Cool ! dit Boo.

— Alors, qu'allez-vous faire, vous deux ? demanda Bethany.

— Nous allons danser et chanter dans la chorale, répondit Grace.

— Bravo, les filles, dit Vicky. Je pense que vous méritez toutes les deux des applaudissements particuliers.

Toutes les Brownies applaudirent, et Grace et Caitlin firent de grands sourires joyeux.

— Parlant du spectacle de Noël, poursuivit Sam, si vous désirez venir, vous devrez faire signer le coupon de permission que nous vous avons remis la semaine dernière par un parent ou par une personne responsable de vous. Nous

avons besoin de ravoir les coupons la semaine prochaine pour que nous puissions réserver les billets!

— Toute cette discussion au sujet du spectacle de Noël me rappelle quelque chose d'autre que nous devons attendre avec impatience, ajouta Vicky.

Les Brownies se regardèrent les unes les autres avec excitation. Qu'est-ce que cela pouvait être?

# Brownies

# Chapitre 2

— Il ne reste que quatre semaines avant Noël…
poursuivit Vicky.

Les Brownies sourirent à cette pensée. Tout le
monde aimait Noël!

— Ce qui signifie que la fête de Noël des
Brownies approche! termina Sam. Ce sera une
occasion pour nous toutes de porter nos beaux
vêtements et de manger plein de nourriture
délicieuse.

— Oui, confirma Vicky. Nous en parlerons
un peu plus en détail quand nous serons près de la
date. Mais est-ce qu'une des Brownies plus âgée
arrive à se rappeler ce que nous faisons d'autre à
cette époque de l'année?

Izzy leva la main.

— Nous fabriquons des boîtes cadeaux de Noël, dit-elle.

Sam acquiesça.

— Chaque année, nous rassemblons des boîtes cadeaux de Noël pour les envoyer à des enfants qui vivent dans des circonstances difficiles dans différents pays du monde. Des enfants qui n'ont pas de chez-eux où vivre à cause des conflits ou des catastrophes naturelles, comme par exemple des tremblements de terre.

— Comme en Haïti ? demanda Ellie.

— Exactement, répondit Vicky. Alors, qui peut nous en dire plus sur les boîtes ?

Boo leva la main.

— Nous utilisons une boîte à chaussures vide recouverte de papier d'emballage de Noël, expliqua-t-elle. Nous y mettons des choses comme du savon, du dentifrice et une brosse à dents.

— Et aussi un genre de jouet, dit Faith.

— Nous avons un prospectus là-dessus à apporter chez vous ce soir afin que vous puissiez décider si vous désirez y participer, dit Sam.

Les meilleures amies se regardèrent et sourirent. C'était leur premier Noël en tant que Brownies, et elles se dirent que les boîtes semblaient être une idée fantastique.

# Brownies

— Nous avons aussi un nouvel évènement, cette année, ajouta Vicky en regardant tous les visages impatients autour de la salle. Il y aura un marché de Noël dans l'Hôtel de ville.

— Il y aura des étals vendant toutes sortes de choses de Noël, comme des cartes, des aliments de saison, des savons et des cadeaux. Et, bien sûr, le père Noël sera là aussi! expliqua Sam. On nous a demandé d'y venir et de chanter des chansons de Noël pour agrémenter la sensation festive!

Les Brownies applaudirent.

Sam rigola.

— Vous aimeriez le faire, alors?

Les Brownies répondirent en criant encore plus fort.

— Fantastique! dit Vicky. Les organisateurs se sont arrangés pour que nous ayons une boîte spéciale; alors, quand les gens entendront nos chants magnifiques, nous espérons qu'ils feront une donation à l'association caritative de

Badenbridge pour les sans-abris. Il y a une lettre adressée à vos parents à ramener chez vous ce soir lorsqu'ils viendront vous chercher. Mais il est l'heure maintenant de notre première séance d'artisanat de Noël.

Les Brownies se redressèrent, excitées.

— Chacune d'entre nous va fabriquer une carte de Noël, expliqua Sam. Nous avons des stylos à effet paillettes, des pierres autocollantes — bien des choses brillantes.

— Ce sera une carte spéciale que nous aimerions que vous donniez à quelqu'un qui a joué un rôle important au cours de votre année du centenaire. Ainsi, tout en la créant, pensez à qui ce pourrait être, ajouta Vicky.

— Mettons-nous au travail! dit Sam, et les Brownies se précipitèrent à leurs tables des sizaines.

Les filles eurent beaucoup de plaisir à créer leurs cartes. Elles dessinèrent des arbres de Noël, des flocons de neige, des rouges-gorges — toutes sortes de choses!

Une fois qu'elles eurent terminé, elles les déposèrent soigneusement dans leurs sacs brownie pour les garder en lieu sûr. Ensuite, après une partie exténuante du jeu «Feux de signalisation», ce fut l'heure de rentrer à la maison.

— Que quatre semaines avant Noël! dit Grace en soupirant tout en boutonnant son manteau.

— Je suis impatiente, dit Ellie en mettant la lettre concernant le marché de Noël dans son sac.

— Moi aussi, approuva Charlie. Et j'ai hâte aussi d'aller boire le thé chez Jamila demain!

Jamila travaillait en vue d'obtenir son insigne de «Cuisinière» et avait demandé à ses meilleures

amies de venir prendre le thé pour l'aider à manger le festin de biscuits qu'elle avait cuits.

Katie ouvrit la porte de la salle et vit leurs parents qui les attendaient.

— Brrr! Je mets mes gants. Il fait froid dehors!

# Brownies

# Chapitre 3

Le lendemain, la mère de Jamila rencontra les filles après l'école, et elles se rendirent à pied ensemble chez Jamila. Les meilleures amies réussirent à trouver une grande assiette et firent de hautes piles de biscuits sur la table de la cuisine.

— Les as-tu tous faits? dit Grace.

Jamila acquiesça.

— Plongez dedans!

— Miam! dit Katie en mâchant un biscuit.

— Ils sont aussi agréables à regarder qu'à manger, déclara Ellie en léchant le glaçage sur ses doigts.

Jamila avait utilisé un crayon pâtissier pour décorer les biscuits.

Elle avait écrit les prénoms des filles et dessiné des trèfles brownie aux couleurs vives.

— As-tu maintenant complété ton insigne de «Cuisinière»? demanda Charlie.

Jamila acquiesça.

— Presque. Je dois encore ajouter des choses à mon album et je vais faire d'autres biscuits que j'apporterai aux Brownies la semaine prochaine, ce qui fera partie de mon travail pour mon insigne.

— Oooh, dit Ellie en se léchant les lèvres. Tu devrais faire des biscuits pour la fête de Noël!

— Oui! approuva Grace. Qui ressembleraient au père Noël!

— Ou à des arbres de Noël! ajouta Charlie.

— Ce serait cool, approuva Jamila.

— Alors, qu'y a-t-il dans ton album? demanda Grace qui en avait aussi fait un lorsqu'elle préparait son insigne de «Danseuse».

— Jetez un coup d'œil, dit Jamila en le prenant sur l'étagère pour le remettre à Grace. Maman a pris des photos de moi en train de cuisiner, pour montrer que je sais comment rester en sécurité dans la cuisine.

— Là, on dirait que tu nettoies, dit Charlie en la montrant aux autres.

Jamila rigola.

— C'est juste! J'ai dû aussi débarrasser la table. De plus, j'ai parlé à Vicky de l'hygiène alimentaire.

— Wow! s'exclama Katie en finissant le dernier biscuit. Tu as dû travailler vraiment fort. Mais tu y es presque, maintenant.

— Il y a encore une chose, dit Jamila. Je dois aussi préparer un déjeuner ou un petit déjeuner pour trois ou quatre personnes.

— Hé, si nous faisions une soirée pyjama? Tu pourrais préparer le petit déjeuner, proposa Ellie.

— Oui, s'il te plaît! s'exclamèrent les autres.

— Bonne idée, dit Jamila. J'en parlerai à ma mère pour voir si nous pourrions organiser ça une de ces prochaines fins de semaine.

— Alors, comment se passent les préparatifs pour le spectacle de Noël, Grace? demanda Charlie.

— Nous n'avons pas encore commencé les répétitions, expliqua Grace. Mais Caitlin et moi avons rencontré les autres filles et garçons qui font partie de la chorale. Nous allons aussi bientôt rencontrer les étoiles!

— C'est tout simplement fantastique que ce soit le même spectacle que celui que nous irons voir, dit Ellie. Je suis impatiente !

— Moi aussi ! dit Grace en riant et en effectuant une pirouette debout.

Au cours des quelques jours suivants, le temps devint de plus en plus froid. Tout le monde à Badenbridge s'emmitouflait chaudement pour sortir dehors. Les meilleures amies commencèrent à sentir que Noël approchait réellement, surtout parce que les préparatifs des festivités avaient aussi commencé à l'école. Les répétitions pour le concert de Noël débutèrent, et leur professeur leur demanda de proposer des idées pour la décoration de leur classe.

Le vendredi après-midi, de la neige fondue se mit à tomber, et les cinq amies étaient contentes

de se trouver dans le salon confortable chez Ellie, discutant des boîtes cadeaux de Noël pour l'organisme d'aide caritative.

— J'ai acheté quelques présents à mettre dans ma boîte à chaussures, dit Ellie. Des articles de toilette, des crayons et du papier, beaucoup d'élastiques pour les cheveux et de jolies barrettes.

— Ça semble très bien, dit Grace. Katie et moi avons pensé mettre des collants et des chaussettes dans nos boîtes.

— Bonne idée, dit Charlie. Hé, pensez-vous que les boîtes seront envoyées dans des endroits aussi froids qu'ici ?

— Certains endroits, oui, répondit Katie. Mais même les endroits où il fait chaud durant la journée peuvent devenir très froids la nuit.

— Comme lorsque le soleil s'est couché quand nous étions en camp brownie, ajouta Charlie. Je me disais que je mettrais peut-être une écharpe de laine dans ma boîte.

Ellie soupira.

— C'est ça que nous devrions faire ! Nous devrions fabriquer nos propres écharpes à mettre dans les boîtes. Ma mère a de la laine que nous pourrions utiliser.

— Mais je ne sais pas tricoter ! dit Charlie.

— Nous non plus, ajoutèrent les jumelles.

— Crois-tu que ta mère pourrait nous montrer ? demanda Jamila qui aimait l'idée de faire quelque chose de spécial à ajouter dans la boîte cadeau.

— Je suis sûre qu'elle le pourrait. Allons lui demander ! dit Ellie.

Les filles se précipitèrent à la cuisine et parlèrent de leur idée à la mère d'Ellie.

— Je serais heureuse de vous montrer à tricoter, les filles, dit la mère d'Ellie en souriant. Ce serait amusant ! Mais cela vous prendra un certain temps pour tricoter une écharpe en entier.

Pensez-vous que vous pourrez la finir à temps pour la date limite des boîtes cadeaux de Noël?

— Eh bien, nous pourrions demander à nos propres mères de nous aider, fit remarquer Katie.

— Oui! acquiescèrent les autres.

— Allons-y, alors, dit la mère d'Ellie. Sortons les aiguilles à tricoter, et choisissez la couleur de laine que vous aimeriez utiliser.

Les cinq amies passèrent un après-midi agréable, heureuses d'apprendre à tricoter. Mais cela leur prit un certain temps avant d'avoir la main pour terminer une maille sans la laisser filer au bout de l'aiguille.

Lorsque leurs mères vinrent les chercher ce soir-là, les filles leur parlèrent de leur nouveau projet. Les adultes furent aussi excités que leurs filles!

— Il faudra le dire à grand-maman, dit la mère de Charlie. Elle sera enthousiasmée d'entendre que vous apprenez à tricoter!

— J'ai de la laine en réserve à la maison, ajouta la mère de Jamila. Je n'ai pas tricoté depuis des lustres — ce serait bien de faire quelque chose de créatif pendant ces soirées froides!

La mère de Katie et de Grace approuva.

— J'ai une proposition, dit-elle. Pourquoi ne viendriez-vous pas toutes chez nous demain après-midi? Nous pourrions nous asseoir et tricoter toutes ensemble!

Ainsi, le samedi après-midi, tandis que de la pluie hivernale tombait dehors, les cinq amies et leurs mères se réunirent chez Katie et Grace. Elles sirotèrent du chocolat chaud qui les réchauffa et travaillèrent à leurs écharpes. Les mamans aidèrent les filles lorsqu'elles restaient coincées et se tinrent aussi occupées à travailler sur leurs propres tricots.

— C'était bien amusant, dit Charlie lorsqu'il fut l'heure de rentrer à la maison.

Ellie acquiesça.

— Les Brownies nous donnent toujours de bonnes idées à propos d'activités, même lorsque nous ne sommes pas à une réunion, dit-elle.

Et ses quatre amies approuvèrent. Être une Brownie rendait les choses super amusantes !

Le lundi matin, avant le début de la journée d'école, Katie, Grace, Jamila et Ellie jouaient au saut à la corde dans la cour de récréation pour avoir chaud, lorsque Charlie arriva en courant.

— J'ai eu une autre idée hier soir pour les Brownies ! annonça-t-elle. Je réfléchissais aux boîtes cadeaux pour Noël, et ça m'a fait penser à la fête de Noël. Je me suis demandé si nous allions nous offrir à chacune des cadeaux.

— Cela ferait beaucoup de cadeaux à acheter si nous devions en avoir un pour chaque Brownie, dit Jamila, pensive.

— Exactement, approuva Charlie. Alors, pourquoi n'écririons-nous pas notre prénom sur un bout de papier pour le mettre ensuite dans un chapeau? Puis nous pigerions chacune un nom du chapeau et ce serait la personne à qui nous ferions un cadeau, proposa Charlie avec un grand sourire.

— Brillant! s'exclamèrent ses quatre amies.

Juste à ce moment la cloche de l'école retentit.

— Hourra! dit Jamila. On gèle dehors. Rentrons!

# Chapitre 4

Le mardi soir aux Brownies, Charlie parla à Vicky et à Sam de son idée pendant le pow-wow.

— Oh oui! dit Vicky. Nous faisons cela à mon bureau à chaque année. Cela s'appelle le père Noël secret.

— Chacune d'entre vous pourrait faire un petit cadeau, ajouta Sam. Et si certaines parmi vous travaillent en vue de leur insigne «Artisanat», elles pourraient l'inclure comme faisant partie de leur travail pour l'insigne.

— J'ai une idée — pourquoi Charlie et moi n'écririons-nous pas les prénoms de vous toutes sur des bouts de papier dans un petit moment,

proposa Daisy. Ensuite nous les mettrions dans mon chapeau en laine et tout le monde pourrait piger un nom juste avant de partir ?

— Excellente idée, dit Sam. Maintenant, est-ce que chacune a réfléchi à propos des boîtes cadeaux de Noël ? Qui voudrait en faire une ?

Toutes les Brownies sans exception levèrent la main.

— Fantastique ! s'exclama Sam. Et qui a ramené son formulaire de permission pour le spectacle de Noël ?

De nombreuses mains se levèrent précipitamment à nouveau, et les formulaires furent remis à la chef.

— Est-ce que la semaine dernière tout le monde a pris une copie de la lettre concernant le marché de Noël ? demanda Vicky. S'il vous en faut une autre, demandez-le-moi simplement avant de partir ce soir. Nous avons aussi un

formulaire à vous distribuer à propos de la fête de Noël !

— Pour les filles qui sont nouvelles et qui n'ont jamais participé à une fête de Noël brownie dans le passé, ce serait génial si vous pouviez apporter avec vous de la nourriture de Noël à partager, proposa Vicky.

— Cela me fait penser ! dit Jamila en levant la main. J'ai apporté avec moi des biscuits pour mon travail en vue de l'insigne «Cuisinière». Si vous les aimez, je pourrais en faire d'autres pour la fête !

— Oh, miam ! dit Sam. Merci ! Nous les mangerons après avoir terminé notre prochaine activité. Mais d'abord, y a-t-il quelqu'un qui a des nouvelles ?

Tayla-Ann leva la main.

— J'ai une nouvelle prothèse auditive ! dit-elle avec un large sourire.

— Je ne savais pas que tu avais une prothèse auditive, dit Sukia, surprise.

— Eh bien, je ne l'ai eue qu'hier, expliqua Tayla-Ann. Je n'entends pas toujours ce que disent les gens si je ne les regarde pas lorsqu'ils parlent. Alors mon père m'a emmenée chez le médecin, et elle a décidé que je devrais en avoir une.

— Tu peux savoir ce que disent les gens en regardant leurs lèvres ? demanda Amber, étonnée.

Tayla-Ann acquiesça.

— Pourrait-on voir ta prothèse auditive ? demanda Sam.

— Bien sûr ! Elle repoussa ses cheveux de son oreille droite et leur montra une jolie boucle rouge qui entourait son oreille.

— Hé, elle a même une couleur de Noël ! dit Lucy.

— Est-ce que tu l'aimes ? demanda Megan.

— Pas au début, répondit Tayla-Ann. Lorsqu'ils l'ont mise en marche la première fois, on aurait dit que tout le monde criait contre moi ! Je voulais la fermer. Mais maintenant je m'habitue à elle et je peux mieux entendre les gens.

— Je trouve qu'elle a l'air cool, dit Charlie.

Vicky fit un grand sourire.

— Bien, les filles. C'est l'heure d'apprendre un nouvel artisanat !

— Oui, approuva Sam. Ce soir nous allons décorer un petit miroir avec de la peinture pour

verre. Allons-y — nous allons vous montrer comment faire !

Les Brownies s'affairèrent à peindre leurs miroirs. Quelques-unes des filles peignèrent des bordures fleuries. D'autres choisirent des choses qui rappelaient Noël, comme par exemple des couronnes saintes et des cloches.

— Je le donnerai à ma mère, dit Katie aux Renards.

— Le mien sera pour ma cousine, répondit Emma, sa sizenière.

À la table des Écureuils, Charlie fut la première à terminer son miroir.

— Devrions-nous faire le tirage du père Noël secret maintenant ? proposa Daisy.

— O.K.! répondit Charlie en traversant la salle derrière la jeune chef.

Pendant ce temps, à la table des Hérissons, Vicky aidait les filles avec leurs peintures pour verre. Tout en travaillant, elles discutèrent de l'insigne « Artisanat ».

— J'aimerais le faire, dit Abebi.

— Tu devrais! Je l'ai fait et cela m'a vraiment plu, dit Ellie qui feuilletait son exemplaire du

*Livre des insignes brownie.* Après, je pensais faire l'insigne «Fabriquante de jouets».

— Super! dit Sam.

Les deux Brownies bavardèrent avec leur chef pour savoir ce qu'elles devraient faire pour compléter leurs insignes. Au bout de quelques minutes, Vicky leva la main. Bien vite, tout le monde dans la salle fit comme Vicky et se tut.

— Merci, les Brownies, dit Vicky. Vos miroirs ont l'air splendides! Si vous toutes rangez maintenant, il nous restera juste assez de temps pour chanter.

Les Brownies se dépêchèrent pour être prêtes et elles se retrouvèrent rapidement assises dans un cercle au milieu de la salle.

— S'il vous plaît, Vicky! la pressa Charlie en agitant la main dans les airs. Pouvons-nous chanter des chants de Noël?

— Bonne idée, approuva Vicky. Nous aurons besoin d'un peu de pratique avant de chanter au marché.

— Des suggestions ? demanda Sam.

— *Le petit renne au nez rouge* ! proposa Molly.

— Ou *J'ai vu maman embrasser le père Noël* ! ajouta Grace.

Toutes les Brownies avaient d'excellentes idées et chantèrent avec enthousiasme. Mais après avoir chanté *Les douze jours de Noël* pour la seconde fois, Sam annonça qu'il était l'heure de rentrer à la maison.

Les Brownies enfilèrent leurs manteaux et prirent leurs miroirs en faisant très attention, car ils n'étaient pas encore tout à fait secs.

— N'oubliez pas de piger votre nom pour le père Noël secret en partant, dit Daisy en tendant son chapeau.

— Et j'ai aussi vos lettres pour la fête ! ajouta Sam.

— Qui as-tu comme père Noël secret ? demanda Ellie à Jamila en chuchotant, tandis qu'elles sortaient dans la nuit froide pour retrouver leurs parents.

— Si elle te le disait, ce ne serait plus un secret, n'est-ce pas ? dit Charlie en riant nerveusement.

— C'est vrai ! dit Katie en riant. Mais je suis très contente du nom que j'ai.

— Moi aussi ! dirent ses quatre amies en même temps avant d'éclater de rire.

# Chapitre 5

— Aujourd'hui, j'ai ma première répétition pour le spectacle, déclara Grace alors qu'elles mangeaient leur déjeuner le lendemain. Caitlin et moi irons ensemble après l'école.

— Bonne chance, dit Jamila en serrant son amie dans ses bras. Hé, avez-vous vu qu'ils ont installé l'arbre devant l'Hôtel de ville ? Tout commence à prendre des airs de Noël, n'est-ce pas ?

— Les boutiques sont remplies de cadeaux, dit Ellie. Et j'ai réfléchi sur ce que je vais fabriquer pour mon cadeau de père Noël secret.

— Assure-toi simplement de ne pas nous dire à qui il est destiné ! l'avertit Charlie en rigolant.

— Oui. Mais...

Katie se pencha en avant et chuchota :

— Est-ce que ce serait si grave que ça si nous le savions et que nous ne le disions à personne d'autre ?

— N'est-ce pas un peu vilain ? dit Grace.

— Oui et non… dit Jamila. Je veux dire, est-ce qu'une parmi vous a un de nos prénoms sur son bout de papier ? Pas moi.

Les autres secouèrent la tête.

— Eh bien, si nous promettons de garder les noms secrets, nous pourrions nous dire entre nous qui nous avons pigé et s'aider les unes les autres à trouver des idées de cadeaux, proposa Charlie.

— Devrions-nous faire cette promesse ? demanda Katie.

Les autres filles acquiescèrent.

— O.K.

Katie regarda par-dessus son épaule puis se pencha encore plus près.

— J'ai Danuta ! Je me suis dit qu'elle aimerait quelque chose en lien avec le sport.

— Tu pourrais lui faire un sac de sports pour ses espadrilles, dit Charlie.

Tout le monde crut que c'était une idée géniale.

Ensuite, Jamila leur dit qu'elle avait pigé Tayla-Ann.

— J'ai pensé lui décorer une barrette pour les cheveux, dit-elle.

— Fantastique ! dit Ellie. Moi, j'ai Abebi. Je lui fais des macarons avec des chatons dessus parce qu'elle m'a dit à quel point elle aime son chat !

— C'est vraiment mignon, dit Charlie. Je n'ai aucune idée de ce que je vais faire pour Ruby.

— Elle aime l'art, comme moi, dit Ellie. Pourquoi ne lui fabriquerais-tu pas un pot à crayons ?

— C'est une idée géniale ! s'exclama Charlie.

— Moi, j'ai Leah et je vais lui faire un bracelet d'amitié. Maintenant, nous savons toutes quoi faire, dit Grace en affichant un grand sourire. N'est-ce pas étrange que nous ayons toutes pigé les Brownies les plus récemment arrivées ?

— Très étrange, approuva Jamila. Mais nous devons garder cela secret, vous vous rappelez ?

— Pourquoi ne pas nous réunir un soir pour fabriquer les cadeaux ? proposa Ellie.

— Oui, faisons cela, dit Grace. Hé — comment vous débrouillez-vous avec vos écharpes ? Katie et moi tricotons tous les soirs.

— Moi aussi ! dit Charlie. Ma grand-mère m'a envoyé de la laine et je fais des rayures.

— Je pense que nous aurons besoin de mettre nos propres écharpes pour jouer dehors lorsque nous aurons fini de déjeuner, dit Jamila en regardant la cour de récréation glacée par la fenêtre.

Le lendemain, pendant la récréation, Caitlin et Grace racontèrent aux autres leur répétition.

Enveloppées chaudement dans leurs manteaux, portant chapeaux et moufles, les filles profitaient du magnifique soleil d'hiver dans la cour de récréation.

— Avez-vous rencontré des étoiles, hier soir ? voulut savoir Charlie.

— Oui! répondit Grace. Trina Bliss était là!

— Est-elle gentille? demanda Jamila. À la télévision, elle a l'air vraiment gentille.

— Oh, elle était charmante, confirma Caitlin. Jez Simons l'était aussi — il nous a serré la main. Nous avons toutes leurs autographes!

— Nous avons aussi rencontré Chester Chuckles, dit Grace. Il était tellement comique!

— Avez-vous commencé à apprendre vos pas de danse? demanda Ellie.

— Non, mais nous avons rencontré notre capitaine de danse, Donnella, expliqua Grace. Elle est fantastique.

— Qu'est-ce qu'une capitaine de danse? demanda Charlie.

— Elle est responsable des danseurs, répondit Caitlin. Elle s'assure que nous savons nos pas et quand entrer sur scène.

— Wow! s'exclama Ellie. C'est tellement cool!

— Nous avons regardé Donnella et un des autres danseurs plus âgés faire les pas. Alors, même si nous n'avons pas encore commencé à les apprendre, nous avons une idée de ce que nous devrons faire. Et la musique est tout simplement magnifique — tu vas l'adorer, Jamila! dit Grace.

De toutes les filles, Jamila était la plus passionnée de musique.

— Je suis impatiente de voir le spectacle! dit Jamila. Ooh, ça me revient en tête — maman dit que nous pouvons avoir notre soirée pyjama après le spectacle.

— Encore d'autres bonnes nouvelles! De plus, nous allons chez Katie et Grace ce soir pour le thé et pour continuer de tricoter, annonça Ellie. Vous êtes-vous toutes rappelé d'apporter votre tricot avec vous?

Toutes les filles acquiescèrent, sauf Grace.

— Hé, seras-tu là ce soir, Grace? Tu n'as pas de répétition aujourd'hui, n'est-ce pas?

Grace afficha un air triste.

— Je suis désolée, mais j'en ai une! dit-elle. Cet après-midi sera notre première vraie répétition, ma première occasion d'apprendre ces pas.

Alors ce jour-là, les meilleures amies profitèrent de leur temps avec Grace pendant la récréation. La mère des jumelles vint chercher les filles après l'école, et elles déposèrent Grace à sa répétition de danse sur le chemin du retour.

Lorsqu'elles arrivèrent chez les jumelles, Katie leur montra son album pour son insigne «Sports» pendant qu'elles mangeaient du gâteau au chocolat.

— J'ai trouvé des photos de toutes mes personnalités sportives préférées, expliqua-t-elle. Et je dois montrer à quel point je me suis améliorée dans un sport; je garde donc un rapport de mon

entraînement de netball pendant le dernier trimestre. Je savais que je devais m'améliorer en tirs au but ; c'est pourquoi j'ai travaillé ma technique.

— Comment as-tu fait ça ? demanda Jamila.

— Eh bien, maintenant nous avons un cerceau dans le jardin et je m'exerce le plus souvent possible avant qu'il ne fasse nuit. Maman a aussi pris des photos pendant que je joue, dit Katie. Et j'ai tenu le compte du nombre de mes buts dans les matchs cette année.

— C'est fantastique ! dit Charlie. Tu auras ton insigne « Sports » d'ici peu.

— Je me demande comment Grace se débrouille, dit Jamila.

— Je m'attends à en entendre parler quand elle rentrera à la maison, dit Katie en rigolant.

— Hé, est-ce que c'est ton écharpe ? demanda Ellie.

Elle pointa vers une écharpe rayée de multiples couleurs pliée sur le canapé.

— Oui, répondit Katie avec un large sourire.

Elle la leva dans les airs pour que les filles puissent la voir.

— Qu'en pensez-vous?

— Elle est superbe! s'exclama Jamila. Et tu en as fait vraiment beaucoup. La mienne est encore courte — regardez!

— Tu vas vite te rattraper si nous commençons maintenant à tricoter, l'assura Katie.

Alors les quatre meilleures amies passèrent le reste de l'après-midi à tricoter joyeusement.

La fin de semaine fila à vive allure et, à l'école le lundi matin, Grace et Caitlin étaient tout excitées. Elles avaient tant de choses à raconter à tout le monde à propos de leur répétition qu'à la fin, elles firent dans la cour de récréation rien de moins qu'une représentation de ce qu'elles avaient appris.

Tout le monde les applaudit au terme de leur chorégraphie. Grace continuait de refaire les pas lorsqu'elles se retrouvèrent chez Charlie pour le thé après l'école afin de préparer leurs boîtes cadeaux de Noël.

Une fois que les filles eurent enveloppé leurs boîtes avec du papier d'emballage des Fêtes, elles y déposèrent leurs assortiments de cadeaux qu'elles recouvrirent avec les écharpes qu'elles s'étaient toutes dépêchées de terminer pendant la fin de semaine.

— Où as-tu trouvé le temps de finir ton écharpe, Grace ? demanda Ellie. Je veux dire, n'as-tu pas passé toute la fin de semaine à répéter ?

— En fait, j'ai seulement tricoté un tout petit peu la mienne, avoua Grace. Katie et maman m'ont aidée !

— Ma mère m'a aussi aidée pour la mienne, révéla Charlie.

— Eh bien, je pense qu'elles ont toutes fière allure, qui que ce soit qui nous ait aidées à les faire, dit Jamila. Allez, ajoutons un petit mot

pour souhaiter aux enfants un Joyeux Noël de la part des Brownies.

— Ma mère a dit que ces boîtes cadeaux de Noël pourraient être les seuls cadeaux que les enfants recevront de toute l'année, dit Ellie en écrivant son mot.

Ses amies acquiescèrent tristement et se dirent à quel point elles avaient de la chance. Elles espéraient que leurs cadeaux laissent savoir à ceux qui les recevraient que des enfants pensaient à eux depuis l'autre côté de la

Terre. Juste à ce moment, Boo entra précipitamment dans la pièce.

— Hé, vous ne devinerez jamais ce que je viens d'entendre à la télévision, dit-elle. Il va neiger !

# Chapitre 6

— Il a fait si froid que j'ai cru qu'il pourrait neiger cet après-midi, dit Charlie en rejoignant sa sizaine aux Brownies le lendemain soir.

— Moi aussi ! dit Bethany. Oh, j'espère que nous aurons un Noël blanc !

Une fois toutes les filles arrivées, Vicky ramassa leurs formulaires de permission signés concernant le marché et la fête de Noël.

Puis elle fit une annonce.

— Avant notre pow-wow, les filles, voudriez-vous déposer vos boîtes cadeaux de Noël sur cette table ?

Les meilleures amies, tout excitées, se précipitèrent et ajoutèrent leurs boîtes à la pile de cadeaux
qui grandissait.

Sam appela ensuite toutes les filles à venir
dans le cercle brownie.

— Bravo pour avoir apporté vos boîtes
cadeaux de Noël avec vous ce soir, dit Vicky en
regardant l'énorme pile sur la table. Elles ont l'air
extraordinairement festives. Nous les enverrons
demain à la centrale de dépôt.

— Savez-vous dans quels pays elles iront?
demanda Abebi.

— Nous ne savons pas vraiment, répondit Vicky. Mais nous recevrons un bulletin après Noël nous informant des pays où les cadeaux ont été envoyés. Nous vous laisserons savoir quand nous le recevrons.

— Bien, poursuivit Sam. Est-ce que quelqu'un a des nouvelles à partager?

Un océan de mains se leva.

— Ashvini, pour commencer, dit Sam.

— Avez-vous vu aux nouvelles qu'il va neiger? demanda Ashvini.

— Oh, j'allais le dire! s'exclamèrent toutes les autres Brownies.

Tout le monde éclata de rire.

— Oui, j'ai vu! et j'étais contente de voir que vous étiez toutes habillées chaudement en arrivant ce soir, dit Vicky. Ce qui m'amène directement à ce que nous ferons ce soir…

Les Brownies se redressèrent, impatientes.

— Ce soir nous allons fabriquer des chapeaux! annonça Sam.

— Quel genre de chapeaux? demanda Ellie.

— Des chapeaux comme… celui-ci, dit Vicky en mettant un chapeau pointu rouge vif sur sa tête, avec un pompon blanc sur le dessus et une bordure en ouate imitant de la fausse fourrure entourant le bas.

— Nous pourrons les porter lorsque nous chanterons au marché de Noël, expliqua Sam.

Toutes les Brownies applaudirent.

Tout le monde s'amusa beaucoup à mettre ensemble du feutre rouge et des boules de ouate duveteuses.

— Assurez-vous que la colle pour tissu soit sèche avant de mettre les chapeaux sur vos têtes, les avertit Vicky alors que les filles terminaient. Vous ne voudriez pas qu'ils restent collés !

— J'aurais aimé venir au marché de Noël samedi, dit Grace avec tristesse à Charlie alors qu'elles admiraient leurs chapeaux.

— Tu ne viens pas ? s'exclama son amie.

— Je ne peux pas, répondit Grace. Caitlin et moi serons au théâtre toute la journée pour répéter le spectacle.

— C'est dommage, dit Jamila qui les avait rejointes.

Grace soupira.

— Je suis sûre que nous aurons du bon temps, mais je serai triste de manquer une aventure

brownie! Allez-vous tout me raconter à propos du marché quand nous irons au cinéma dimanche?

Les cinq amies s'étaient organisées pour aller voir ensemble un nouveau film de Noël. C'était tellement excitant d'avoir autant de plaisir pour les Fêtes!

— Bien sûr que oui, répondit Jamila.

Juste à ce moment, Sam appela.

— Maintenant, rangez vos affaires, les filles. C'est l'heure de répéter nos chants de Noël pour samedi!

Une fois que les Brownies eurent chanté avec toute leur âme, il leur resta juste assez de temps pour jouer à un jeu de marelle. À la fin de la soirée, les filles se précipitèrent dehors pour rencontrer leurs parents en espérant que la neige ait commencé à tomber. Mais pour ce soir-là en tout cas, il n'y eut pas de neige…

Il n'y eut pas de neige le mercredi non plus, mais il faisait très froid. Tellement froid que les professeurs firent rentrer les enfants à l'école primaire de Badenbridge un peu plus tôt pour le déjeuner afin de s'échauffer avec une répétition supplémentaire de chant pour le concert de Noël. À la fin de la journée d'école, Katie, Danuta et le reste de l'équipe de netball travaillèrent très dur lors de leur entraînement afin d'avoir chaud. Grace et Caitlin avaient couru à leur cours de ballet après l'école. C'était pour Jamila son après-midi avec son groupe de musique, et elle était contente de se trouver bien au chaud à l'intérieur. Ellie, pour sa part, se rendit à son club d'art.

Mais les cinq amies se retrouvèrent de nouveau le jeudi soir chez Ellie pour fabriquer leurs cadeaux du père Noël secret. Elles s'assirent dans le salon, entourées de stylos, de colle à paillettes, de feutre, de carton et de papier, et chantèrent des chants de Noël tout en se mettant au travail.

— J'adore ton pot à crayons! dit Katie en admirant l'ouvrage de Charlie.

— Merci! répondit Charlie avec un grand sourire tout en apposant des autocollants de bonhomme-sourire sur le pot. Je vais écrire le prénom de Ruby avec des paillettes!

— Excellente idée, dit Katie. Je vais aussi mettre le nom de Danuta sur ceci.

Elle souleva dans les airs le sac à chaussures de sports qu'elle avait fabriqué avec du tissu de couleur vive. Katie avait utilisé des lacets fluorescents pour faire le cordon au bout du sac.

— Très bonne idée, approuva Ellie. Ainsi elle pourra vite retrouver le sien lorsqu'il sera suspendu à l'école. Voilà, j'ai des stylos de peinture pour tissu que vous pouvez utiliser.

Pendant ce temps, Grace cousait du fil en argent brillant dans son bracelet d'amitié pour Leah. Jamila utilisait le même fil sur la barrette qu'elle décorait pour Tayla-Ann. Elle la tint dans la lumière, et elle scintilla.

— Hé, vous toutes, que pensez-vous de celles-ci? demanda Ellie.

Elle avait trouvé des photos de mignons chatons et les avait découpées pour les coller sur des macarons pour Abebi.

— Ces photos sont tellement chou! s'écria Charlie.

— Merci, dit Ellie.

— Hé, Ellie, as-tu déjà fait quelque chose pour ton insigne «Fabriquante de jouets»? demanda Grace.

— Je travaillais là-dessus hier soir, en fait, répondit Ellie. Voulez-vous voir ce que j'ai fait?

Ellie plongea la main dans son panier de travail et sortit une poupée habillée comme une Brownie.

— Wow! dit Jamila. Elle a une écharpe et tout!

Les filles admirèrent tout le travail qu'avait investi Ellie pour fabriquer la poupée.

— J'ai aussi commencé à faire des marionnettes à doigts! dit Ellie en souriant. J'ai fait un père Noël et des elfes.

— Tu es si habile, dit Charlie en soupirant. J'aimerais être aussi bonne que toi en art.

— Tout le monde est bon dans quelque chose, dit Jamila gentiment. J'adore cuisiner. Katie est un as en sports. Grace est une danseuse merveilleuse, et Ellie est fantastique dans les arts. Et toi, Charlie, tu es formidable avec les animaux !

— C'est vrai, approuva Katie. Et parlant de ta cuisine, Jamila, je commence à avoir faim !

— Heureusement que j'ai apporté des gâteaux de fées pour le thé, dans ce cas ! dit Jamila en rigolant.

— Super !

Ses amies applaudirent.

— Allez, dit Ellie en se levant. Allons à la cuisine chercher du lait pour accompagner les gâteaux.

# Chapitre 7

Le lendemain fut une journée très ensoleillée, ce qui signifiait qu'il faisait un peu plus chaud dehors. Les meilleures amies commençaient à se demander si le météorologue avait fait une erreur et s'il allait neiger *un jour*! Malgré cela, elles se réjouissaient de la fin de semaine à venir, Grace parce qu'elle avait une autre répétition de danse, et les autres filles à cause de leur tour au marché de Noël.

Le samedi se leva, clair et froid. Vicky et Sam avaient fait en sorte que toutes les Brownies se retrouvent devant l'Hôtel de ville à 11 h ce matin-là.

— Vous avez l'air superbes avec vos chapeaux de Noël! dit Vicky.

— Vos plus belles voix pour chanter sont-elles prêtes? demanda Sam.

— Oui! répondirent les Brownies excitées.

— Bien, dit Sam. Daisy va distribuer les feuilles de chant, puis nous pourrons commencer à chanter! Et espérons que nous ramasserons beaucoup d'argent pour l'association caritative.

— Et après avoir chanté quelques chansons, nous ferons un saut dans l'Hôtel de ville pour jeter un coup d'œil au marché et nous réchauffer un peu, poursuivit Vicky. Ensuite, on nous a demandé de chanter des chansons dans la grotte du père Noël!

— Allez, dit Sam. Commençons avant d'avoir froid.

Les Brownies se regroupèrent ensemble. Sukia et Boo avaient été choisies pour tenir les seaux

pour la collecte, alors que Daisy était responsable de la musique de fond avec son MP3.

— Tout le monde est prêt? demanda Vicky en s'assurant que son propre chapeau de Noël rouge tienne fermement sur sa tête. Commençons avec *Le petit renne au nez rouge*. Un, deux, trois…

Les Brownies passèrent un moment fantastique. Après *Le petit renne*, elles chantèrent *Les douze jours de Noël*, puis *Joyeux Noël*, suivi de *Vive le vent* et de *J'ai vu maman embrasser le père Noël*.

Après leur première chanson, les gens commencèrent à s'arrêter et à écouter. À chaque fois qu'elles finissaient une chanson, la foule applaudissait. Parfois les gens chantaient aussi. Les Brownies étaient contentes également de voir beaucoup de gens déposer de l'argent dans les seaux de Boo et de Sukia.

— C'était fantastique! les félicita Sam après leur dernier chant. Bien, je crois que nous devrions entrer à l'intérieur et nous réchauffer. Est-ce que cela vous paraît être une bonne idée?

— Oui, s'il vous plaît! répondirent les Brownies.

Elles commençaient toutes à avoir un peu froid et, en plus, elles étaient impatientes de voir le marché de Noël.

— Allons-y alors ! dit Daisy. Suivez-moi !

Les yeux des Brownies s'illuminèrent lorsqu'elles entrèrent dans l'Hôtel de ville. C'était si festif ! Des guirlandes lumineuses scintillaient sur les murs et aux plafonds, et il y avait un immense sapin de Noël à une extrémité de la pièce.

— Regardez tous ces étals fantastiques ! dit Ellie en regardant autour de la pièce.

La salle était remplie de tables recouvertes de choses excitantes. Certaines avaient des bijoux, d'autres, des jouets. Il y en avait même une où l'on vendait de jolies boîtes.

— Il y a une dame qui vend des gâteaux et des biscuits de Noël! fit remarquer Jamila. Elle a aussi des cannes de bonbon!

— Oooh! s'exclamèrent les Brownies en se léchant les lèvres.

— Regardez toutes ces fées de Noël sur cet étal, dit Ruby. Ne sont-elles pas mignonnes?

— Et il y a la grotte du père Noël! s'exclama Danuta. Il doit être à l'intérieur!

— Il y a une pièce là-bas où nous pouvons laisser nos manteaux, expliqua Vicky. Une fois que nous les aurons déposés, nous pourrons explorer le marché. Allons-y!

83

Un petit moment plus tard, les Brownies se séparèrent en trois groupes, dirigés soit par Daisy, Vicky ou Sam, et elles firent le tour du marché. Elles avaient toutes apporté de l'argent de poche et trouvèrent cela facile d'acheter des cadeaux pour leurs mères et leurs pères, car il y avait tant de choix.

— Ce stand avec les fées de Noël m'a donné des idées pour mon insigne «Fabriquante de jouets», dit Ellie en souriant.

— Je te crois! dit Jamila avec un grand sourire. J'aurais aimé que Grace soit ici aussi pour les voir.

— Allez, tout le monde, appela Vicky en faisant signe aux Brownies de venir dans la grotte du père Noël où il y avait une file d'enfants qui attendaient. C'est le moment de notre deuxième tour de chants de Noël! Commençons avec *Le Père Noël arrive ce soir.*

Après avoir repris les chants du matin, les Brownies terminèrent avec *Au royaume du Bonhomme hiver* et *Petit papa Noël*. Les enfants qui attendaient dans la file pour voir le père Noël chantèrent joyeusement avec elles. Une fois que les Brownies eurent chanté leur dernière chanson, la file à l'extérieur de la grotte avait disparu, et il était presque l'heure de rentrer à la maison.

— Ho ho ho! C'était magnifique, les filles, cria une voix joviale.

C'était le père Noël sortant de sa grotte!

Les Brownies eurent le souffle coupé. Le père Noël leur parlait *réellement*!

Il sourit devant leurs visages surpris.

— Bravo! Vos chants ont vraiment mis tout le monde dans l'esprit de Noël et heureux. Je vous souhaite un très beau Noël — ce sera une journée très occupée pour moi, mais je sais que vous passerez toutes une magnifique journée!

Sur ce, il agita la main pour leur dire au revoir et disparut à nouveau à l'intérieur de sa grotte.

— Est-il vraiment le père Noël? demanda Ellie.

— Je ne sais pas, répondit Jamila. Mais il avait bien une longue barbe blanche…

— Et des joues rouges, ajouta Ruby. Et un gros ventre…

Les Brownies rigolèrent. Tout autour d'elles, les exposants du marché remballaient leurs choses.

— Allez, donnons un coup de main pour le rangement, dit Sam.

Les Brownies s'affairèrent à empiler des chaises, plier des tables et ramasser des ordures. Les adultes leur furent très reconnaissants pour leur aide.

— Savez-vous quelle somme d'argent nous avons amassée? demanda Izzy aux chefs tandis qu'elles travaillaient.

— Pas encore, répondit Vicky. Mais nous allons le compter à temps pour la réunion de mardi.

Sam regarda sa montre.

— Il est l'heure pour vous d'aller retrouver vos parents dehors; alors, prenons nos manteaux, les filles!

Une fois bien enveloppées chaudement, Jamila, Ellie, Katie et Charlie se dirigèrent vers la sortie.

— Vous rappelez-vous que tout à l'heure j'ai dit que j'ai eu beaucoup de nouvelles idées pour des jouets? dit Ellie à ses amies. Eh bien, je

pensais à Grace qui n'était pas là aujourd'hui. Elle a travaillé si fort pour le spectacle, et me je demandais — si nous lui faisions un cadeau spécial pour la féliciter. Nous pourrions le lui donner après le spectacle le soir où nous irons le voir.

— C'est une proposition géniale! dit Jamila, et les autres approuvèrent. Quel genre de cadeau?

— Je pensais à un ourson en peluche, peut-être, expliqua Ellie. Nous pourrions l'habiller en danseur.

— Un ourson porte bonheur! dit Charlie.

— Nous pourrions le fabriquer la semaine prochaine pendant que Grace sera à ses répétitions, proposa Katie. Elle va l'adorer!

Les quatre filles rigolèrent et suivirent les autres Brownies vers la rue principale.

Les cinq meilleures amies étaient déçues de voir qu'il n'y avait *toujours* pas de neige lorsqu'elles se réveillèrent le lendemain matin. Mais elles retrouvèrent vite leur bonne humeur lorsqu'elles se retrouvèrent au cinéma pour voir le film de Noël. Pour leur faire plaisir, le père des jumelles proposa de leur acheter à toutes de quoi grignoter. Charlie prit du popcorn, tandis que Jamila et Grace choisirent la formule « Choisissez et combinez ». Katie et Ellie décidèrent de manger de la glace au chocolat.

Les filles, assises sur leurs fauteuils, bavardèrent avec excitation en attendant que le film commence.

— Comment s'est passé ta répétition, Grace ? demanda Charlie.

— Super bien ! répondit Grace. Maintenant nous connaissons toutes les danses et chansons. Et les blagues de Chester Chuckles aussi !

— J'ai hâte de voir le spectacle, dit Jamila.

— Moi aussi, dit Ellie.

Juste à ce moment, les lumières dans la salle diminuèrent d'intensité.

— Le film commence, chuchota Grace. Promettez-moi de tout me raconter ensuite à propos du marché de Noël.

# Chapitre 8

Le lundi matin, tous les enfants de Badenbridge lâchèrent des cris d'excitation en ouvrant les rideaux de leurs chambres à coucher. La ville était complètement recouverte de neige.

Katie et Grace enfilèrent leurs bottes en caoutchouc et firent crisser leurs pas tout le long du trajet jusqu'à l'école, accompagnées de leur mère. Lorsqu'elles arrivèrent enfin, elles trouvèrent Charlie en plein milieu d'une bataille de boules de neige avec certains de leurs camarades de classe. La cour de récréation était remplie de cris stridents et d'éclats de rire. Les deux filles ramassèrent immédiatement des poignées de neige et bondirent dans le jeu. Alors que de

plus en plus d'enfants arrivaient, tous se joignaient à la bataille. Même les professeurs se mirent de la partie !

— Croyez-vous que ce sera encore enneigé à l'heure de la récréation ? se demanda Grace en reprenant son souffle tandis que tout le monde se mit en file lorsque la cloche sonna.

— J'espère que oui ! dit Katie en souriant, tout en enlevant la neige sur sa manche.

À l'heure du déjeuner, il restait encore de la neige au sol et tout le monde eut l'occasion de jouer un match revanche !

Après l'école, Grace et Caitlin filèrent directement au théâtre pour une autre répétition. Heureusement, car Jamila, Ellie, Katie et Charlie se rendirent chez Jamila en secret : elles allaient fabriquer l'ourson danseur surprise !

— Maman l'a trouvé dans un magasin dont les employés sont des bénévoles, expliqua Ellie en sortant de son sac l'ours le plus mignon.

— Il est magnifique, dit Jamila en soupirant.

— Comment allons-nous l'habiller ? demanda Katie.

— J'ai apporté avec moi beaucoup de retailles de tissus, dit Ellie en les posant sur la table à côté de l'ourson.

— Fantastique ! s'exclama Charlie.

— On peut faire un tutu avec ça, proposa Jamila en prenant du tulle violet.

— Et un diadème avec ça, ajouta Katie en sortant du tissu couleur argent.

— Et des chaussures avec ça, dit Charlie en pointant du satin rose.

Ellie afficha un large sourire.

— Commençons.

Jamila et Katie fabriquèrent le tutu, puis choisirent du tissu violet extensible pour le corsage. Pendant ce temps, Ellie et Charlie se mirent à l'œuvre pour le diadème, ajoutant des pierres autocollantes pour le rendre extra-étincelant.

Mais les chaussures furent la partie la plus délicate. Elles durent utiliser beaucoup de colle pour tissu afin que tout tienne ensemble.

Une fois que tous les habits et les accessoires furent terminés, les filles habillèrent l'ourson avec soin.

— Il a l'air si mignon ! dit Jamila alors qu'elles admiraient leur ouvrage.

— Grace va l'adorer, approuva Katie.

— Rangeons-le dans ce sac pour le protéger, proposa Ellie en présentant un joli sac-cadeau rouge.

Charlie plaça soigneusement l'ourson à l'intérieur.

— Bon, allons chercher du lait et des biscuits, dit Jamila. Je pense que nous les méritons, après avoir travaillé aussi fort !

Tout en savourant leur collation, assises à la cuisine, les amies bavardèrent de leur soirée au spectacle.

— Je me réjouis d'y voir toutes les autres Brownies, dit Katie. Et après, il y aura ta soirée pyjama, Jamila !

— Et la fête de Noël peu de temps après, répondit Jamila.

— Et le concert de Noël à l'école, signala Ellie.

— Puis ce sera les vacances de Noël, ajouta Charlie.

— Et le jour de Noël ! dirent toutes les filles en chœur.

— Plein de choses amusantes ! dit Charlie. Hé, ça me fait penser — hier soir aux nouvelles ils ont dit qu'il neigerait encore. Maman dit que si la neige est trop épaisse, le conducteur de car ne pourra peut-être pas nous emmener au théâtre !

— Oh non ! s'exclamèrent les autres filles.

Tout le monde aimait la neige. Mais pas si elle les empêchait de vivre des aventures !

Le lendemain matin, il y avait plus de neige à Badenbridge. Le météorologue a dit que c'était la plus grosse tempête de neige des 50 dernières années.

— Pensez-vous que le voyage en car sera annulé ? demanda Jamila alors que les meilleures amies arrivèrent dans la salle, prêtes pour leur réunion brownie ce soir-là.

Les autres Brownies jouaient à « Feux de signalisation » en attendant que tout le monde soit là.

— Notre père a dit qu'il pense que les routes seront déblayées d'ici là, dit Grace.

— Ouf, dit Ellie en soupirant. Je détesterais rater te voir sur scène, Grace.

— Allez, dit Charlie. Joignons-nous au jeu.

Au bout de quelques minutes, Sam consulta sa montre.

— J'espère que Tayla-Ann sera là bientôt, dit-elle. Elle est la dernière Brownie à arriver.

— Allez, dans le cercle brownie. Pendant que nous l'attendons, nous allons nous mettre au courant de nos nouvelles, proposa Vicky.

Les filles s'assirent par terre.

— Izzy, toi d'abord, dit Vicky.

— J'ai pris cette photo, dans notre jardin, d'un rouge-gorge dans la neige, dit Izzy en la tenant dans les airs pour que tout le monde la voie.

— C'est tellement mignon, dit Abebi en soupirant.

— Merci, Izzy! dit Sam. Maintenant, Grace et Caitlin?

Les deux filles racontèrent au reste de leur unité leur répétition du samedi précédent et à

quel point elles avaient du plaisir à faire partie de la distribution du spectacle.

— Nous avons tellement hâte de vous voir toutes les deux dans le spectacle, n'est-ce pas ? demanda Sam aux Brownies qui acquiescèrent de la tête.

— Cela me fait penser que j'ai une lettre finale concernant samedi, déclara Vicky. Nous vous la donnerons à la fin de la rencontre.

— La neige va-t-elle nous empêcher de nous rendre au théâtre, Sam ? demanda Ashvini.

— J'ai parlé à la compagnie de transports, dit Sam. Ils croient que ça devrait aller.

— Oui ! s'écrièrent les Brownies.

— Bien, dit Vicky en souriant. Avez-vous toutes eu du plaisir à chanter au marché de Noël samedi ?

Les Brownies acquiescèrent.

— Vous avez chanté d'une façon si magni-fique ! Beaucoup de personnes sont venues nous

# Brownies

voir pour nous dire à quel point elles avaient apprécié, poursuivit Vicky.

— Oui, affirma Sam. Nous avons également reçu de grands remerciements de la part des organisateurs pour votre aide au nettoyage à la fin.

Jasmine leva la main.

— Avons-nous ramassé beaucoup d'argent ? demanda-t-elle.

Vicky afficha un grand sourire.

— Tout près de 200 $ ! Bravo, les Brownies !

Les filles s'applaudirent. Une fois devenues silencieuses, elles entendirent la porte de la salle s'ouvrir. Tayla-Ann se tenait là debout, l'air bouleversé.

— Est-ce que ça va, Tayla-Ann ? demanda Vicky.

La jeune Brownie secoua la tête.

— C'est mon chiot, Elvis, dit-elle en sanglotant. Je sortais de la voiture lorsqu'il s'est glissé dehors et s'est enfui. Maman est dehors en ce moment à essayer de le retrouver.

Il y eut un sursaut de la part des Brownies.

— Ne t'en fais pas, dit Sam. Nous allons venir donner un coup de main. Il ne peut pas être bien loin.

— Oui, approuva Vicky. Mettez vos bottes et vos manteaux — allons trouver Elvis!

Les Brownies se séparèrent en trois groupes, avec Daisy, Vicky et Sam à la tête de chaque groupe. Les chefs avaient rapidement pris des lampes de poche dans l'armoire brownie et s'en servaient maintenant pour éclairer la cour de récréation, où la mère de Tayla-Ann était déjà en train de chercher et d'appeler Elvis.

Mais Elvis n'était pas là. Ni près du porte-vélos. Elles ne le trouvèrent pas près du hangar, ni dans le stationnement réservé aux employés. Les Brownies, désespérées, regardèrent derrière

les arbres et sous les haies, appelant frénétique-
ment le chiot.

Vicky appela tout le monde à venir la rejoindre
au milieu de la cour de récréation principale.

— Restez toutes immobiles et écoutez,
proposa-t-elle. Voyons si nous pouvons
l'entendre.

Tout le monde obéit.

— J'ai entendu quelque chose ! dit Katie, le
souffle coupé.

— Où ? supplia Tayla-Ann.

Les Brownies se turent. Il y eut à nouveau un
petit gémissement !

— Ça vient de la cage à écureuil, dit Katie.

Elle courut dans la neige, suivie des autres
Brownies.

Elvis était là ! Il était assis sous la cage à écureuil, sa laisse emmêlée dans des nœuds et coincée
au bas du jeu.

Tayla-Ann le libéra rapidement.

— Aaah! dirent les Brownies en soupirant alors que le petit chiot bondit dans ses bras et s'y blottit.

— J'ai cru que nous ne le trouverions jamais, dit Tayla-Ann en le serrant fort contre elle.

— Est-ce qu'il va bien? demanda Charlie, anxieuse.

Elvis lécha le nez de Tayla-Ann et jappa avec enthousiasme.

Les Brownies éclatèrent de rire.

— Il a l'air d'aller bien, dit la mère de Tayla-Ann en le drapant avec son manteau. Merci à toutes pour votre aide, les filles. Il vaut mieux que je le ramène à la maison et hors de vos pattes.

— Bye, Elvis, dirent les Brownies alors qu'ils s'en allaient.

— Eh bien, dit Vicky pensivement. Vu que nous sommes toutes dehors et bien habillées, devrions-nous jouer dans la neige pendant un petit moment?

— Oui, s'il vous plaît! s'écrièrent les Brownies.

— Nous pourrions faire un bonhomme de neige! proposa Grace.

— Et pourquoi pas une Brownie de neige? dit Daisy.

Les Brownies commencèrent à prendre d'énormes brassées de neige. Elles firent une grande Brownie de neige. Vicky et Sam

trouvèrent, dans l'armoire brownie, une vieille écharpe et une casquette à lui mettre, ainsi que plusieurs boutons pour les yeux et un sourire pour leur nouvelle amie Brownie.

— Elle nous ressemble tout à fait ! dit Jamila en rigolant, tandis que Daisy prit une photo avec son téléphone portable.

— Allez, tout le monde, dit Sam. Entrons à l'intérieur et réchauffons-nous avant qu'il ne soit l'heure de rentrer à la maison.

Les Brownies entrèrent à l'intérieur en groupe et s'installèrent dans le cercle brownie.

— Bien, n'oubliez pas que nous avons le spectacle samedi et que la semaine prochaine il y a notre fête ! leur rappela Vicky.

— Daisy a des lettres pour vos parents avec tous les derniers détails concernant les deux évènements, dit Sam.

— Et vous souvenez-vous des cartes de Noël brownie que vous avez fabriquées ? demanda Vicky. Eh bien, il est temps de les envoyer à quelqu'un qui a eu de l'importance pour vous pendant le centenaire brownie ; alors, pensez-y.

— O.K., donnons-nous la main et chantons *Brownie Bells* pour terminer, dit Sam.

Les enfants de l'école primaire de Badenbridge furent surpris de voir la Brownie de neige souriante en arrivant à l'école le lendemain. Tout le monde la trouva bien, mais elle commençait à fondre lorsqu'il fut l'heure de rentrer à la maison.

— Bonne chance pour ce soir ! dit Jamila en serrant Grace dans ses bras.

C'était ce soir en effet la première représentation de Caitlin et de Grace, mais les autres s'étaient organisées afin de se réunir pour le thé chez Charlie après l'école.

— J'aurais aimé que vous veniez toutes ce soir! dit Grace, un peu triste.

— Moi aussi! Vous serez fantastiques, dit Charlie.

— Bien sûr que oui, approuva Ellie.

— Merci, dit Grace en souriant.

— Au moins maman, papa et moi serons là ce soir, dit Katie. Ils nous l'ont dit ce matin — c'était une surprise. Mais ça veut dire que je ne pourrai pas venir prendre le thé chez toi; je suis navrée, Charlie.

— Ça ne fait rien, dit Charlie. Amusez-vous bien et applaudissez très fort de notre part!

— Allez viens, Katie, dit Grace. Nous devons nous dépêcher ou nous serons en retard!

Jamila, Ellie et Charlie firent au revoir de la main aux jumelles.

Jamila afficha un large sourire.

— Grace va adorer son ourson lorsque nous lui donnerons.

— Je sais, approuva Charlie.

— Hé, pensez-vous que nous devrions offrir quelque chose à Caitlin aussi ? se demanda Ellie.

— Hum, dit Jamila. Tu as raison.

— Pourquoi ne lui ferions-nous pas un bracelet d'amitié en prenant le thé ? proposa Charlie.

— C'est une idée géniale, dit Jamila tout en sautillant joyeusement avec Ellie et Charlie, en sortant de l'école, derrière la mère de Charlie et de Boo.

Le matin suivant, Caitlin et Grace racontèrent à tout le monde dans leur classe leur première

soirée en tant qu'artistes de spectacle. Elles décrivirent comment cela se passait derrière la scène, comment Chester Chuckles avait fait semblant d'oublier les mots d'une de ses chansons et à quel point le public avait ri.

— Nous avons même fait la révérence à la fin, dit Caitlin.

— Et Trina nous a dit que nous étions bonnes, ajouta Grace.

— Elles étaient vraiment bonnes, fit remarquer Katie avec fierté.

Plus tard lors du déjeuner, les cinq meilleures amies parlèrent de leurs cartes de Noël brownie tout en mangeant.

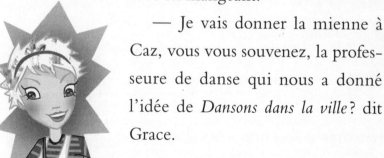

— Je vais donner la mienne à Caz, vous vous souvenez, la professeure de danse qui nous a donné l'idée de *Dansons dans la ville*? dit Grace.

— Bonne idée, approuva Jamila. Je vais poster la mienne à Suzy à la station de radio pour la remercier de l'émission qu'elle a faite sur les Brownies.

— Elle va l'adorer, dit Katie. La mienne est pour Sienna. J'espère qu'elle arrivera en Australie à temps pour Noël.

Sienna était la cousine de Katie et de Grace. Pendant ses vacances, elle était venue se joindre aux Brownies de la première unité de Badenbridge.

— J'envoie la mienne à Gemma aux Brownies de la quatrième unité d'Agnestown. Vous vous rappelez, nous l'avions rencontrée au camp! dit Ellie.

— C'est drôle parce que la mienne va à la mère d'Ashvini, Aruna, car elle est venue au camp avec nous! dit Charlie.

— Hé, regardez, dit Katie en pointant son doigt vers la fenêtre. Je parie qu'ils n'ont pas ça en Australie!

Ses amies regardèrent et virent de nouveaux flocons de neige flottant depuis le ciel!

À la fin de la journée d'école, la neige tombait si fort qu'elles pouvaient à peine voir leurs parents debout dans la cour de récréation, attendant de les ramener à la maison.

— N'est-ce pas magnifique? dit Charlie.

— Oui, répondit Ellie. Mais si ça continue comme ça, est-ce que le car pourra nous emmener à travers toute cette neige? Et serons-nous en mesure de voir le spectacle?

# Brownies

# Chapitre 9

Le vendredi, les prévisions météo avertirent que de la neige allait encore tomber. Mais à Badenbridge, le soleil fit son apparition; il y avait de la neige fondue sur les routes, et tout fondit avant samedi matin. Ce qui était aussi bien comme ça, car ainsi toutes les Brownies et les Guides du district, qui venaient au spectacle, purent se rendre aux deux cars qui les attendaient dans le stationnement du centre de loisirs de Badenbridge.

— Tout le monde à bord! annoncèrent les chefs brownies et Guides tout en vérifiant les noms des filles sur leurs listes.

— Bien, dit Vicky. Allons-y!

— Hourra! s'exclamèrent les Brownies et les Guides en partant.

— J'ai l'ourson de Grace, dit Ellie en tapotant le sac-cadeau rouge.

— Et j'ai le bracelet d'amitié de Caitlin dans ma poche, dit Charlie avec un grand sourire.

Pendant tout le trajet vers Roberstown, les Brownies et les Guides bavardèrent avec d'anciennes et de nouvelles amies, et chantèrent des chansons de Noël pour se mettre dans l'ambiance. Le temps fila et, avant de s'en rendre compte, les filles étaient arrivées au théâtre.

Elles avaient de magnifiques sièges tout à l'avant de l'auditorium. On distribua à chaque Brownie un programme qu'elles feuilletèrent avec enthousiasme, cherchant Caitlin et Grace.

— Je suis impatiente de les voir sur scène! dit Jamila.

— Chuuut ! siffla Boo, assise dans la rangée derrière elles. Les lumières baissent. Ça va commencer !

Chester Chuckles entra en scène le premier. Il était si comique que les filles eurent mal aux joues à force de rire. Tout à coup, il descendit dans le public et dit :

— Eh bien, si je ne me trompe pas, je peux voir des Brownies et des Guides dans les premières rangées.

— Ouaaais ! crièrent-elles en retour.

— Qu'est-ce que c'était ? demanda Chester en mettant sa main en cornet autour de son oreille. Je ne vous entends pas.

Les filles crièrent plus fort.

— C'est mieux ! dit Chester. Mais je crois qu'il y a eu une erreur. Deux d'entre vous ne

sont pas là. J'ai vu deux Brownies derrière la scène. Est-ce que par hasard vous les connaissez?

— Oui! hurlèrent les Brownies de la première unité de Badenbridge.

— C'est Grace et Caitlin! cria Charlie.

Jamila, Katie, Ellie et Charlie se firent de grands sourires les unes aux autres, ravies que Chester les ait mentionnées.

— Oh, alors vous les connaissez *pour vrai*! dit Chester en riant. Eh bien, si vous les apercevez, applaudissez-les! En attendant, que le spectacle commence!

Et ensuite, le spectacle commença *vraiment*. Trina Bliss était si jolie, même si elle était vêtue des haillons de Cendrillon. Et Jez Simons était très mignon dans le rôle de Buttons. Toutes les filles avaient cru que Chester serait une des sœurs affreuses, mais elles tombèrent presque de leurs fauteuils tant elles riaient lorsqu'elles s'aperçurent qu'il était la fée marraine. Mais ce furent elles qui

applaudirent le plus fort à l'ouverture d'un numéro, car ce fut à ce moment-là, parmi une foule de danseurs, que Grace et Caitlin apparurent pour la première fois!

Les Brownies firent un signe à leurs amies sur scène.

Grace et Caitlin sourirent en retour mais, telles des professionnelles, elles continuèrent de danser et de chanter avec les autres.

Pendant l'entracte, les filles se régalèrent de glaces.

— Jusqu'à maintenant c'est fantastique, n'est-ce pas? dit Jamila.

— J'adore huer les sœurs affreuses, dit Katie.

— Grace et Caitlin ne sont-elles pas merveilleuses? dit Charlie tout en léchant sa cuillerée de glace.

— Elles sont fantastiques, approuva Ellie. Et j'adore leurs costumes !

Le spectacle fut encore meilleur dans la deuxième partie. Les Brownies et les Guides huèrent les sœurs affreuses qui essayaient d'empêcher Cendrillon de marier le prince, joué par Stevie, un chanteur faisant partie d'un boys band.

Puis elles applaudirent lorsque Buttons mena le prince qui apportait la pantoufle de verre à Cendrillon. Elles applaudirent encore plus lorsque, à la fin, Grace et Caitlin rejoignirent les autres danseurs pour célébrer le mariage.

Quand la distribution revint sur scène pour saluer après la dernière chanson, les meilleures amies applaudirent et poussèrent des hourras plus sonores que quiconque dans le théâtre.

Une fois le dernier rideau tombé, les filles firent de larges sourires et se regardèrent les unes les autres.

— Quel beau spectacle, dit Jamila.

— J'aurais voulu qu'il ne finisse jamais, répondit Ellie.

— Hé, je viens juste de penser à quelque chose — comment allons-nous donner nos cadeaux à Grace et à Caitlin ? se demanda Charlie.

— Demandons à Vicky et à Sam, proposa Katie.

Les meilleures amies parlèrent des cadeaux à leurs chefs.

— Voici ce que je propose, dit Vicky. Notre car est stationné près de la porte de la scène. Pourquoi n'irions-nous pas demander avant de partir pour voir si nous pouvons trouver Grace et Caitlin ?

— Oui ! répondirent les filles.

Alors, après avoir ramassé leurs manteaux, c'est exactement ce que firent les Brownies.

— Je vais les appeler, dit la dame à la porte de la scène en souriant. Juste une minute.

La dame fit une annonce dans un micro et les Brownies purent l'entendre depuis les haut-parleurs derrière la scène.

— Grace et Caitlin à la porte de la scène, s'il vous plaît ! Grace et Caitlin à la porte de la scène, s'il vous plaît !

Quelques minutes plus tard, Grace et Caitlin apparurent, toujours vêtues de leurs costumes pour la scène du mariage.

— C'était fantastique, dit Jamila en serrant Grace dans ses bras.

— Vous étiez toutes les deux formidables, approuva Katie.

— Et nous avons apporté ceci pour vous, dit Ellie pendant qu'elle et Charlie donnèrent leurs cadeaux.

Les visages des deux Brownies s'illuminèrent lorsqu'elles virent les cadeaux particuliers qu'avaient fabriqués leurs amies.

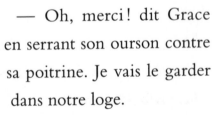

— Oh, merci! dit Grace en serrant son ourson contre sa poitrine. Je vais le garder dans notre loge.

Katie attacha le bracelet autour du poignet de Caitlin.

— Il est magnifique, dit Caitlin en l'admirant.

— Allons, les filles, dit Sam. Nous devrions retourner au car. Bravo, vous deux, nous sommes vraiment fières de vous. Et nous vous reverrons aux Brownies la semaine prochaine.

— À plus tard pour notre soirée pyjama! dit Jamila à Grace.

Après avoir fait leurs au revoir, les Brownies et les Guides remontèrent dans leurs cars et revinrent à Badenbridge.

Plus tard ce soir-là, Ellie, Katie et Charlie, en compagnie de Jamila, attendirent avec excitation chez Jamila.

— C'était stupéfiant! déclara Ellie quand Grace arriva enfin.

— Absolument fantastique, approuva Charlie.

— Merci, dit Grace en rougissant. C'était tellement génial de vous avoir toutes dans la salle.

— Je meurs de faim, annonça Jamila. Venez, allons manger nos pizzas et nous pourrons en parler en même temps.

Après un délicieux repas, les filles montèrent dans la chambre de Jamila et se préparèrent pour aller au lit.

— J'aime vraiment faire partie du spectacle, dit Grace en soupirant tout en se blottissant dans son sac de couchage sur le sol de la chambre de Jamila. Mais je suis épuisée !

Ses amies lui demandèrent ce que cela faisait de passer autant de temps avec des célébrités.

— C'est vraiment cool, dit Grace avec un grand sourire. J'ai cru qu'au début j'aurais peur d'eux. Mais ils sont vraiment gentils. Et Donnella, notre capitaine de danse, nous a donné beaucoup

de trucs pour notre danse. J'ai beaucoup de chance.

— Nous avons toutes de la chance, dit Charlie. Je veux dire, nous sommes toutes allées voir le spectacle, n'est-ce pas ?

Juste à ce moment, Grace laissa échapper un énorme bâillement. Toutes les filles se mirent à rire.

— Allez, dit le père de Jamila en passant la tête par l'entrebâillement de la porte. C'est l'heure de dormir !

— Bonne nuit ! dirent les cinq meilleures amies en chœur alors qu'il éteignit la lumière.

Le lendemain matin, Jamila prépara un délicieux petit déjeuner. Elle fit du pain doré à la cannelle,

des œufs durs, des muffins et du chocolat chaud pour la dernière partie de son insigne « Cuisinière ».

— Miam, dit Charlie en mâchant du pain doré à la cannelle. Même ce petit déjeuner a un petit air de Noël ! Noël est ce qu'il y a de mieux.

# Chapitre 10

Il neigea de nouveau dimanche soir ainsi que lundi pendant que les filles se trouvaient à l'école. Grace allait encore danser au spectacle ce soir-là. Il n'y avait donc que Jamila, Katie, Ellie et Charlie qui marchèrent péniblement dans la neige de l'école jusque chez Jamila afin de l'aider à cuire des biscuits pour la fête de Noël brownie qui allait avoir lieu le lendemain.

Elles pesèrent les ingrédients et se relayèrent pour mélanger la pâte. Puis Jamila la roula pour l'aplatir, et elles la découpèrent en forme de biscuits qu'elles disposèrent sur des plaques. La mère de Jamila glissa les plaques dans le four, et les biscuits furent prêts 15 minutes plus tard.

— Ils sentent bon, dit Ellie en se léchant les lèvres pendant que la mère de Jamila mit les biscuits sur une grille.

— Lorsqu'ils auront tiédi, nous pourrons étaler du glaçage dessus. Ça va prendre un certain temps ; alors, il vous faudra être patientes ! dit la mère de Jamila en souriant.

En attendant, les filles remontèrent ensemble jusqu'à la chambre de Jamila.

— Hé, j'ai posté ma carte de Noël à Sienna ce matin, dit Katie. Et Grace a envoyé la sienne à Caz aussi.

— Mon père va déposer la mienne à Radio Badenbridge pour Suzy, dit Jamila.

— J'apporterai la mienne aux Brownies demain, ajouta Charlie. Pour la donner à Aruna

lorsqu'elle viendra chercher Ashvini à la fête de Noël.

— Oh, ça me fait penser! s'exclama Ellie. Je ferais mieux de demander à Vicky l'adresse des Brownies d'Agnestown demain afin que je puisse envoyer la mienne à Gemma!

Le mardi soir, les filles arrivèrent à la salle et virent que Daisy, Vicky et Sam l'avaient décorée avec des banderoles et des ballons. Il y avait même un petit arbre de Noël sur la table où les cadeaux du père Noël secret avaient été déposés.

En complément du plaisir festif, tout le monde portait des habits de fête ainsi que le chapeau rouge qu'elles avaient fait pour le marché de Noël. Lorsque Caitlin et Grace firent leur entrée, elles se précipitèrent toutes pour leur dire combien elles avaient apprécié le spectacle. Elles rougirent et remercièrent toutes leurs amies Brownies, heureuses que ce soir elles puissent être avec elles pour partager le plaisir.

Toutes les Brownies avaient apporté de la nourriture de fête. Une table était chargée d'assiettes de croustilles, de brochettes de fruits, de sandwichs, de minipizzas et, bien sûr, de biscuits glacés de Jamila.

Mais avant de manger, les Brownies jouèrent à des charades, puis chantèrent quelques chansons. Après leur petite fête où elles burent le thé, Vicky et Sam annoncèrent qu'il était temps d'ouvrir leurs cadeaux du père Noël secret, placés sous l'arbre, que Daisy leur distribua.

Les cinq meilleures amies furent ravies de voir jusqu'à quel point Danuta, Tayla-Ann, Abebi, Leah et Ruby étaient contentes des cadeaux qu'elles leur avaient faits. Et elles furent tout aussi ravies en ouvrant leurs propres cadeaux, même si elles ne savaient pas de qui ils provenaient.

Katie avait reçu des lacets pour ses chaussures de sports. Ils étaient décorés à

la main avec des points et des spi-
rales peints en couleurs fluo. Ellie
avait reçu une boîte de pots à
confiture à motifs pour mélanger
ses peintures. C'était parfait pour une
artiste comme elle.

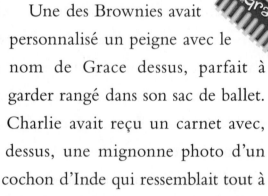

Une des Brownies avait
personnalisé un peigne avec le
nom de Grace dessus, parfait à
garder rangé dans son sac de ballet.
Charlie avait reçu un carnet avec,
dessus, une mignonne photo d'un
cochon d'Inde qui ressemblait tout à
fait à son cochon d'Inde Nibbles. Enfin, le cadeau
que reçut Jamila fut un magnifique dossier,
décoré avec des notes de musique, parfait pour y
ranger ses feuilles de musique.

Toutes les Brownies étaient ravies. Elles
avaient toutes reçu des cadeaux qui leur conve-
naient parfaitement.

— Brownies! appela Sam en tenant sa main droite levée.

Toutes les filles se turent.

— C'est l'heure de notre dernier pow-wow avant Noël, annonça Vicky.

Les Brownies s'installèrent par terre, portant toujours leurs chapeaux de Noël.

— Bien, dit Sam en affichant un grand sourire. Ce fut une soirée fantastique, n'est-ce pas?

Les filles acquiescèrent avec enthousiasme.

— Ce fut une année fantastique, dit Pip en faisant rire les autres.

— Elle a été occupée, n'est-ce pas? dit Vicky. Nous sommes allées camper, avons célébré le centenaire des Guides du Royaume-Uni, avons eu notre *Dansons dans la ville*, quoi d'autre?

Katie leva précipitamment la main.

— Nous avons beaucoup de nouveaux membres grâce à notre soirée portes ouvertes, signala-t-elle.

Les Brownies les plus nouvelles, assises dans le cercle, sourirent à leurs amies.

— Et nous sommes passées à la radio, ajouta Sukia.

— Nous avons grimpé au sommet de la tour de l'horloge à l'Hôtel de ville, dit Holly.

— Et il y a eu aussi le marché de Noël, dit Izzy.

— La plupart d'entre nous ont aussi travaillé en vue de nouveaux insignes, dit Lauren.

— Bon point, dit Sam. Ce qui m'amène à la dernière partie de notre soirée.

— Nous avons ce soir des insignes à distribuer! annonça Vicky en souriant.

Les Brownies se redressèrent, excitées.

— D'abord, nos Brownies dernières arrivées ont complété leurs insignes «Artisanat». Alors, est-ce que Abebi, Danuta, Leah, Pip, Tayla-Ann et

Ruby pourraient venir ici les chercher ?
dit Sam.

Les Brownies applaudirent
leurs amies.

— Ensuite, dit Vicky, Katie a
terminé son insigne « Sports » !

Katie se précipita et remercia Sam qui
lui tendit son insigne. Elle était impatiente de le coudre sur son écharpe.

— Vous avez toutes apporté
avec vous ce soir beaucoup de délicieuse nourriture, mais une Brownie s'est
appliquée en cuisine pendant des semaines
pour terminer son insigne « Cuisinière », expliqua
Sam. Et il s'agit de Jamila ; bravo !

Jamila sourit à ses quatre meilleures
amies en prenant son insigne.

— Pour terminer, nous avons
un insigne « Fabriquante de jouets »
à remettre à Ellie, dit Vicky. C'est un

des premiers insignes «Fabriquante de jouets» complété depuis un bon bout de temps. Félicitations!

Les Brownies continuèrent d'applaudir jusqu'à ce qu'Ellie se soit rassise dans le cercle.

— Bien, les filles, dit Sam. Nous avons beaucoup de choses excitantes déjà planifiées pour l'an prochain. Mais il est temps maintenant de rentrer à la maison… je peux voir vos parents déjà en train de vous attendre.

Les Brownies se plaignirent. Elles voulaient rester et faire la fête!

— Allez, dit Vicky en rigolant. Levons-nous toutes et chantons notre dernier chant de Noël.

Les Brownies se mirent debout et se donnèrent la main.

Ellie, Charlie, Jamila, Katie et Grace se sourirent joyeusement les unes les autres depuis le cercle brownie.

Autour de la salle, toutes les gaies Brownies entamèrent :

Vive le vent vive le vent
Vive le vent d'hiver
Qui s'en va sifflant soufflant
Dans les grands sapins verts

Comment Jamila a obtenu son insigne « Cuisinière » !

1. Elle a appris comment être en sécurité et hygiénique dans la cuisine. La mère de Jamila l'a prise en photo travaillant dans la cuisine et a mis les photos dans un album pour montrer à son évaluateur, qui lui a aussi posé des questions sur l'hygiène alimentaire.

2. Elle a préparé un petit déjeuner pour ses meilleures amies après une soirée pyjama.

3. Elle a fait et décoré des biscuits. Elle les a partagés avec d'autres Brownies de Badenbridge.

4. Jamila a dû nettoyer et ranger après un repas.

# Comment fabriquer un chapeau de père Noël!

**Tu auras besoin de :**

**Du tissu duveteux ou du feutre rouge coupé en triangle ayant environ 33 cm de long et 55 cm de large**

**De la colle pour tissu**

**Des boules de ouate**

1. Plie le triangle de tissu rouge en deux avec l'endroit se faisant face.

2. Mets soigneusement de la colle pour tissu le long d'un des côtés ouverts en partant du haut. (Ne colle pas la partie large, car c'est là que ta tête ira!) Assure-toi de mettre la colle sur le bon côté du tissu — le côté duveteux si tu utilises du tissu de fourrure.

3. Laisse la colle sécher complètement avant de retourner le chapeau à l'endroit.

4. Maintenant, dépose le chapeau sur une surface plane. Mets de la colle pour tissu sur chaque boule de ouate, puis colle-les toutes autour du rebord du chapeau. Colle ensuite une boule de ouate sur le bout pointu du chapeau pour avoir un pompon.

5. Attends que la colle soit complètement sèche, puis essaie ton chapeau!

> Une suggestion brownie : Demande à un adulte de t'aider avec la colle pour tissu. Mets un tablier de protection ou de vieux habits et travaille sur une table recouverte de papier journal.

**Rejoins les Brownies
du Canada, les Exploratrices**

Elles font plein d'activités !
Elles font des choses cool pour obtenir des
insignes. Elles font des soirées pyjama, se
font plein d'amies et s'amusent beaucoup.

Pour en savoir plus sur ce qu'elles font et
la façon de joindre le mouvement,
rends-toi sur le site Web :
www.scoutsducanada.ca
www.girlguides.ca

# Aussi disponibles :

www.ada-inc.com
info@ada-inc.com